DE LA NÉCESSITÉ

DE L'ÉTABLISSEMENT

D'UN

CERCLE DE LIBRAIRES.

PARIS,

LIBRAIRIE DE J. HÉBRARD ET Cⁱᵉ,

RUE DE SAVOIE, 13.

1847.

SAINT-CLOUD. — IMPRIMERIE DE BELIN-MANDAR.

ÉTABLISSEMENT

D'UN

CERCLE DE LIBRAIRES.

Tous les jours on peut être d'accord sur l'utilité, sur la nécessité d'une mesure à prendre, d'une institution à fonder, et ne pas l'être sur le mode d'exécution. C'est ce qui nous arrive à l'occasion du *Cercle de la librairie, de l'imprimerie, de la papeterie et de toutes les industries qui se rattachent à la publication des œuvres de la littérature, des sciences et des arts, etc.*

Nous avons toujours reconnu la nécessité, l'indispensabilité d'un Cercle de la librairie, et nous n'en sommes pas à faire nos preuves à cet égard ; mais là se sont bornés nos vœux, là ils se bornent encore, parce que nous avons la profonde conviction qu'un Cercle de la librairie, pour être utile à la librairie, ne doit pas s'étendre au delà de la librairie.

Notre but à nous était un but sérieux, et il nous parut dès que nous nous occupâmes de cette importante question, soit dans nos démarches vis-à-vis de l'autorité et de nos confrères, soit dans les premières réunions provoquées par nous, réunions dans lesquelles furent nommés les membres de la commission provisoire, il nous parut, disons-nous, que ce but pour être sérieux devait être concentré dans la seule branche de commerce qui est la mère de toutes les autres, quoique celles-ci s'y rattachent plus ou moins directement. Il ne faut pas d'ailleurs perdre de vue que nous n'avons considéré ce premier but que comme un nouveau point de départ pour arriver au grand but que nous devons tous poursuivre : la restauration du commerce de la librairie. Pour cela il faut que les réunions de la librairie soient des réunions de famille, à l'exclusion de toutes autres industries qui ne lui sont pour ainsi dire que des corollaires. Or, la librairie pourra-t-elle discuter ses intérêts de famille en présence des représentants de ces industries dont les intérêts peuvent être et sont souvent en opposition avec les siens?

Il nous paraîtrait superflu de déclarer ici que nos observations à ce sujet ne peuvent avoir rien de désobligeant pour des professions que nous tenons dans la plus haute estime et que nous honorons à l'égal de la nôtre ; mais les choses de courtoisie ne doivent pas avoir d'influence sur la solution d'une question aussi grave que celle qui nous occupe. Qui ne sait, d'ailleurs, que plus les rapports sont fréquents et nombreux, en matière de transactions commerciales, entre des industries qui, par leur analogie mutuelle, semblent se donner la main, plus il en résulte de différence entre leurs intérêts, bien loin d'en établir la communauté? Dès lors est-il convenable, ne peut-il pas être imprudent de mettre incessamment en présence les uns des autres, dans un lieu de réunion, des hommes qui peuvent avoir des intérêts à débattre, des procès même à soutenir? Franchement nous ne le croyons pas. Il pourra donc survenir des causes d'abstention pour tels ou tels membres du même cercle, et c'est ce qu'il importerait surtout de prévenir.

Une personne placée en dehors de la librairie nous a fait une observation que nous reproduisons ici, sur ce qu'ont de vague et d'indéterminé ces mots : *et toutes les industries qui se rattachent à la publication des œuvres de la littérature, des sciences et des arts.* On nous a demandé si ce n'était pas ouvrir la porte à la confusion ; si ce n'était pas s'exposer à des demandes d'admissions qui ne seraient que des intrusions et que cependant il serait logiquement impossible de refuser.

Sur la liste des membres, fondateurs et sociétaires (nous reviendrons sur cette distinction), admis jusqu'à ce jour, nous voyons, outre 70 libraires, 17 imprimeurs typographes, 3 imprimeurs en taille-douce, 1 imprimeur lithographe, 9 fondeurs en caractères, stéréotypeurs et fabricants d'encre, 14 fabricants et marchands de papiers, enfin 1 brocheur. En vérité, il est impossible dans une réunion composée de tant d'éléments divers, quelque honorables qu'en soient les membres, de voir un cercle de la librairie tel que nous l'espérions, tel qu'il était permis de le supposer. Or, remarquez bien que si les imprimeurs typographes, les imprimeurs en taille-douce, les imprimeurs lithographes, les fondeurs en caractères, les stéréotypeurs, les fabricants d'encre, les fabricants de papiers, les marchands de papiers, les brocheurs, *se rattachent à la publication des œuvres de la littérature, des sciences et des arts,* — ce qui n'a lieu que par le seul intermédiaire de la librairie, — d'autres industries, se rattachant aux neuf que nous venons d'énumérer, par ce seul fait se rattacheront aussi à la publication des œuvres de la littérature, des sciences et des arts.

Laissons cette supposition pour ce qu'elle vaut, mais convenons d'une chose, c'est que, en dehors de l'unité de la librairie, dans un cercle de la librairie, il n'y a point de limite possible à poser. Supposez qu'il prenne fantaisie à tous les hommes de lettres, à tous les savants, à tous les artistes de se faire affilier au cercle? Avec l'élasticité indéfinie qu'on lui a donnée, comment s'y prendra-t-on pour les évincer? A coup sûr ce ne sera pas sous le prétexte qu'ils ne *se rattachent pas à la publication des œuvres de la littérature, des sciences et des arts.*

Admettons un instant que l'idée des administrateurs du cercle actuel soit d'admettre dans notre cercle tous les hommes de lettres, les artistes, et, par extension, les pairs de France, les députés, les fonctionnaires. Sans doute tout ce mélange formera une association très-honorable, mais pourra-t-on l'appeler un *Cercle de librairie?* et pourtant tous les membres se rattacheront à la publication des œuvres de la littérature, des sciences et des arts.

Les gens de lettres, dans des circonstances à peu près pareilles, ont donné un exemple que nous aurions dû suivre; un exemple qui prouve jusqu'à quel point est essentielle l'unité d'intérêts entre les membres d'une même société. A coup sûr, si l'affinité, si la quasi-similitude est frappante quelque part, c'est entre les gens de lettres proprement dits et les auteurs dramatiques; cependant il existe à Paris une société des auteurs dramatiques et une société des gens de lettres parfaitement distinctes l'une de l'autre. Il en est de même pour nos académies. Quoiqu'elles fassent toutes parties de l'Institut, quoiqu'elles se rattachent toutes les unes aux autres par une infinité de liens, chacune d'elles a ses réunions particulières, ses travaux séparés.

Peut-être nous objectera-t-on que les sociétés dont nous venons de parler, non plus que les académies, ne peuvent être assimilées à un cercle comme celui de la librairie, par la raison que, dans ces académies et dans ces sociétés, on n'a pas à s'occuper d'intérêts commerciaux. A notre point de vue ce sera une raison de plus de réclamer l'unité, et, en même temps, quelque chose de plus grave et de plus sérieux en faveur de la librairie. A qui persuadera-t-on que des améliorations seront discutées, des transactions commerciales de quelque importance conclues, à une table d'écarté ou bien autour d'un billard entre deux carambolages. Un cercle de libraires doit avoir un but d'utilité immédiate, doit être une bourse de librairie, un lieu de renseignements et de transactions, et non une occasion de dissipation, un motif de dépenses et de spéculation de jeux. Et d'ailleurs est-il juste de faire supporter à tous des frais qui tournent au profit de quelques-uns; si l'on voulait des jeux, il fallait les établir aux dépens des joueurs habituels, en faire une distinction, et ne pas grever de dépenses inutiles pour eux, les hommes qui voient dans le cercle une institution sérieuse.

Nous ne faisons que toucher en passant, sauf à y revenir, à ce vice de l'institution du cercle. Pour suivre l'ordre de nos idées nous devons nous occuper actuellement de la division des membres du cercle, en fondateurs et en sociétaires.

Nous pourrions demander d'abord qui a fondé ces fondateurs, ou si, à l'instar des Francs de Clovis, traitant la librairie en Gaule conquise, de leur propre volonté ils s'en sont institués les grands feudataires? Mais laissons cela de côté, et examinons les choses telles qu'on les a faites, probablement sans en prévoir ni les conséquences ni les déductions possibles.

Voilà, de fait, quoi que l'on puisse dire, la librairie rétablissant dans son sein les hiérarchies qu'il a fallu tant de temps pour détruire dans la société. Que représentent les libraires fondateurs, sinon la haute aristocratie financière de la librairie? Tout naturellement les libraires sociétaires en constituent dès lors la noblesse du second ordre, tandis que les libraires, au nombre de neuf contre un, qui ne font partie du cercle ni comme fondateurs, ni comme sociétaires, seront le tiers état de la librairie.

Les choses sont ainsi, nous ne faisons que leur donner les dénominations qui leur conviennent. Au besoin nous en trouverions la preuve dans ce qu'il nous serait permis d'appeler un commencement d'exécution. En effet, en examinant la liste des membres du cercle, parmi les fondateurs, parmi les sociétaires, nous n'avons pas trouvé le nom d'un seul libraire détaillant. Le bataillon en est pourtant compacte et nombreux dans l'armée de la librairie. Nous le demandons : Est-ce là de la raison? est-ce là de la justice? Ne serait-ce pas plutôt une inconséquence, dans un temps surtout où tant de voix s'élèvent pour réclamer en faveur de tous l'égalité des droits. Personne, nous en sommes certains, ne voudrait jouir dans la corporation dont il fait partie, de priviléges que partout ailleurs il rejetterait en sa qualité de citoyen.

Nous ne nous avançons pas sans nous arrêter de temps à autre pour examiner quelles objections nous pourraient être faites, mais nous avons le bonheur d'être en mesure d'y répondre d'avance.

Va-t-on nous dire que nous rêvons aristocratie, priviléges, hiérarchies, puisque aucune exclusion nè frappe dans la librairie ni catégorie, ni individualité? Arguera-t-on de ce que l'admission au cercle étant facultative pour tous, tous peuvent s'y faire admettre en payant la cotisation annuelle fixée par les statuts. Ce sera nous laisser sur notre terrain dans des conditions encore plus favorables. Ce sera invoquer la puissance de l'aristocratie de l'argent, reconnue la pire de toutes les aristocraties, celle que l'on combat avec le plus de force, d'éloquence et de raison dans des réunions réformistes pour obtenir l'abaissement du cens électoral.

Vous établissez deux prix d'admission, à savoir : *trois cents francs* pour les membres fondateurs et *cent francs* seulement pour les membres sociétaires. Vous dites ensuite : *Les président, vice-présidents, secrétaire et trésorier du conseil d'administration ne peuvent être choisis que parmi les fondateurs.* Les libraires fondateurs sont au nombre de trente, et l'on compte plus de deux cents libraires et quatre cents libraires, ou plutôt marchands de livres, à Paris. Nous trouvons en outre dix-huit fondateurs pris dans les états *qui se rattachent;* voilà donc un état-major, un conseil, une administration, comme vous voudrez l'appeler, puisque le mot d'aristocratie vous effarouche, lequel, composé de quarante-huit individus en tout, exercera sur la librairie et les autres industries admises à son cercle une influence, sinon un pouvoir discrétionnaire, à l'hérédité même duquel il serait permis de croire, puisqu'il n'est nullement question jusqu'ici du remplacement des fondateurs en cas d'extinctions. Croit-on qu'il y ait là respect pour l'égalité des droits? Croit-on que le public, la province, l'étranger n'établiront pas, d'après ces différences, un classement entre les membres de la librairie ainsi scindée? Croit-on qu'aucun crédit n'en souffrira, à moins que des libraires déjà pauvres ne se gênent pour payer la rétribution annuelle de cent francs s'ils ont l'ambition de devenir sociétaires, et celle de deux cents francs en plus si leur extrême ambition les porte à vouloir briller parmi les fondateurs afin de pouvoir aspirer à faire partie du bureau.

Si du moins toutes ces dispositions étaient provisoires, si elles devaient être soumises à la sanction d'une assemblée générale de la librairie; mais non. Elles sont établies à toujours, conformément au régime du bon plaisir.

Que fallait-il faire pour fonder un cercle de la librairie qui fût réellement utile, et non pas ce que nous serions tentés d'appeler un objet de luxe pour quelques-uns? — Cela est vrai du moins pour les imprimeurs qui ont déjà leur chambre syndicale, et pour quelques gros bonnets qui ont chez eux tout ce qui se rencontre au cercle et mieux encore. — Rien n'était plus simple et, selon nous, plus facile. Il importait avant tout d'invoquer le principe d'une égalité parfaite entre les membres d'une même corporation, et d'appliquer en pratique ce que tous les jours vous préconisez en théorie, l'égalité pour tous, l'admission uniforme, l'abaissement du *cens* d'admission, afin d'appeler un plus grand nombre de libraires, et l'exclusion seulement pour les hommes dont l'existence commerciale est entachée ou douteuse. En divisant les membres du cercle en deux catégories, vous avez introduit dans le principe le mal qui doit le ronger, vous avez commencé à semer la désunion, vous avez proclamé le principe le plus faux, le plus dangereux, la suprématie de l'argent sur l'intelligence, la probité, l'honneur, et le dévouement à la librairie. N'est-il pas malheureusement trop vrai, que les hommes qui ont le plus honoré la librairie par leur intelligence, leur probité, leur dévouement, n'ont pas toujours été les plus riches, par cela même qu'ils se sacrifiaient tout entiers aux intérêts généraux et à la gloire de notre commerce.

Il fallait se dire : Si une fortune acquise est l'avantage de quelques libraires; si d'autres sont lancés dans un mouvement d'affaires qui leur promet de grands bénéfices; si quelques-uns honorent leur état par leur réputation de vieille et stricte probité malgré les disgrâces de la fortune; s'il en est dont la supériorité réside, soit dans des connaissances laborieusement acquises, soit dans le fruit d'une longue expérience, tous ces avantages appartiennent à chacun de ceux qui en sont investis, mais ils leur appartiennent comme hommes. En tant que libraires, si tout libraire n'est pas parfaitement l'égal de tout autre libraire, sans acception personnelle, sauf celle du déshonneur, il n'y a plus d'intérêts communs à la librairie.

Partant de là, si, bien loin de rétrécir le cercle au moyen d'exigences pécuniaires, onéreuses pour le plus grand nombre, et d'où résultent nécessairement des exclusions qui, pour être volontaires, n'en sont pas moins des exclusions, on s'appliquait à élargir le cercle, on multiplierait le nombre des élus en abaissant le plus possible le taux de la cotisation. Si, par exemple, ce taux était uniformément fixé pour tous les libraires à cinquante francs, au lieu de cent et trois cents, sans distinction de fondateurs et de sociétaires, qui peut douter qu'en moins d'une année les quatre cinquièmes, au moins, de la librairie n'eussent reconnu l'utilité d'un cercle où seule elle eût été chez elle? Presque tous les libraires auraient tenu à honneur d'en faire partie, si bien que, avec une cotisation beaucoup moindre, abordable pour tous, et qui par son égalité n'eût pu froisser aucun amour-propre, le cercle de la librairie aurait été bientôt plus riche qu'il ne le sera de longtemps, peut-être jamais, avec ses cotisations doubles ou quadruples.

Cette différence probable dans le revenu du cercle de la librairie ne serait à nos yeux, hâtons-nous de le dire, que d'une considération secondaire si elle ne tendait à prouver l'inutilité, le danger des charges qu'on veut lui imposer et dont l'effet inévitable, nous ne saurions trop le répéter, est de restreindre le nombre des membres du cercle. A Dieu ne plaise que nous voyions là le résultat d'un calcul d'exclusions ! Nous croyons seulement signaler une erreur, et nous le faisons d'autant plus volontiers que nous sommes sûr d'être compris, quand nous signalons combien l'élévation inutile du cens proposé pour la librairie serait en désaccord avec l'abaissement du cens électoral. Nous ne saurions trop insister sur ce point.

Examinons maintenant si un cercle de la librairie a besoin d'être logé superbement et magnifiquement, s'il lui faut un loyer annuel de six mille francs ; s'il a absolument besoin d'un gérant aux appointements de deux mille francs, si son service ne peut être établi à moins de seize cents francs sans compter de menus frais évalués à deux mille francs, ce qui porte chaque année sa dépense centrale à plus de quinze mille huit cents francs.

Voilà donc pour les frais que l'on appelle journaliers. Maintenant il y faut ajouter les frais de premier établissement, c'est-à-dire de l'achat du mobilier, évalués quinze mille francs, ce qui, joint aux quinze mille huit cents francs précédemment énoncés, constitue pour la première année une dépense de trente mille huit cents francs. Ne valait-il pas mieux, au lieu de retirer trente mille francs de la circulation à la librairie, commencer sur une échelle convenable, mais modeste, et donner à l'établissement un accroissement progressif, l'asseoir peu à peu sur des bases plus solides. Les notions les plus simples de l'économie et de bonne gestion ont été méconnues en grevant le cercle de frais aussi exorbitants, surtout pour le loyer ; la moitié du revenu est destinée au logement lorsque l'économie veut que l'on y consacre un dixième ; à quoi bon un logement aussi vaste, est-ce pour recevoir une dizaine de personnes tous les jours? Ces dix personnes se promenant dans ces vastes salons, nous rappellent le *Sunt pauci nantes in gurgite vasto* du poëte; il suffisait, comme nous le prouverons plus loin, d'un loyer de deux mille francs; on l'aurait trouvé conforme aux dispositions des statuts, art. 00.

Nous voyons bien, dans les principales dispositions des statuts, que les quinze mille francs reçoivent la dénomination de fonds social; que ce fonds social est divisé en soixante-quinze actions, de deux cents francs chacune, portant un intérêt de cinq pour cent; et que, le mobilier acheté, le surplus formera un fonds de réserve qui ne pourra être moindre du tiers du capital réalisé. Nous voyons ensuite dans ces mêmes dispositions principales des statuts que : « Des garanties spéciales et des avantages » particuliers sont attachés à la souscription des parts et » à la qualité de fondateur : — Le fondateur ne paye que » 25 fr. pour droit d'admission au lieu de 50. »

Tout cela d'abord nous semble passablement compliqué; le fondateur retient d'une main, sur son droit d'admission, une partie de ce qu'il donne de l'autre; mais ce n'en est pas le plus grave inconvénient. Le grand inconvénient, le vice contre lequel on ne saurait trop s'élever, c'est l'inégalité qui résulte de toutes ces dispositions; c'est que, dans une réunion de famille comme devrait l'être un cercle de la librairie, des confrères seront reçus chez d'autres confrères, ce qui arrivera évidemment si le mobilier n'est pas la propriété de tous ou d'un seul qui en percevrait un faible droit de location, afin de rétablir un équilibre complet.

A quoi, d'ailleurs, serviront des frais aussi exorbitants? A rien; ni dans les rapports de libraire à libraire, ni dans les rapports de la librairie avec le gouvernement. Si elle a de justes réclamations à lui adresser, le gouvernement comptera le nombre des signataires, sans s'occuper apparemment de la plus ou moins grande richesse du mobilier du Cercle de la librairie.

Cette masse de frais au lieu d'inspirer de la confiance aux libraires qui voudront faire partie du cercle leur ferait craindre de jeter leur argent dans un tonneau sans fond, dans une entreprise qui, ne leur rapportant rien immédiatement et directement, les exposera à le perdre sans fruit; ils redouteront pour le cercle le sort d'Icare; ils auront fourni les ailes, et leurs écus fondront comme la cire du fils de Dédale, ou, pour parler plus positivement, comme ont fondu les écus des associés du Comptoir. Nous avons bien trouvé dans les statuts l'emploi des cent francs de cotisation, et des deux cents francs des fondateurs, mais nous ne voyons pas à quelle dépense s'appliquent les cinquante francs de droit d'admission, et voici nos réflexions à ce sujet. Cinquante-six fondateurs payant vingt-cinq francs font quinze cents francs, soixante-seize sociétaires payant cinquante francs donnent trois mille huit cents francs; total cinq mille trois cents francs. Vos frais sont approximativement de quinze mille francs; dans l'état actuel, cent cinquante souscripteurs à cent francs ne couvrent pas ces frais, vous y emploierez donc les cinq mille trois cents francs de droit d'admission; mais l'année prochaine les frais seront les mêmes : employés, éclairage, chauffage, tout cela ne variera point, et vous aurez cinq mille trois cents francs de moins de revenu. La conséquence est facile à tirer.

Dans toutes les associations humaines ce qui importe le plus, après l'égalité indispensable entre les associés, c'est que toute question d'argent soit simple et nettement posée.

Il était si simple de dire, ainsi que telle était notre

pensée en provoquant la formation d'un cercle : un cercle
est ouvert à la librairie, mais exclusivement à la librairie ;
tous les libraires de Paris y sont appelés à des titres égaux,
à des conditions égales ; les conditions pécuniaires consis-
tent uniquement en une cotisation annuelle fixée à cinq
francs par mois, payables d'avance.

Cela était clair et simple et cela était suffisant.

Trois cents libraires, et ce nombre eût été promptement
dépassé avec ces conditions, trois cents libraires, en ac-
quittant le prix du premier semestre, eussent versé dans la
caisse commune la somme de neuf mille francs, somme
qui eût été plus que suffisante pour couvrir tous les frais de
la première année, tels que nous les avions calculés bien
avant la fondation du cercle actuel. En voici le détail en
peu de mots :

Loyer.	2,000 fr.
Mobilier.	2,000
Eclairage, chauffage et service.	2,200
Menus frais.	1,800
Total.	8,000 fr.

On voit par ce simple exposé que les dépenses dites
journalières ne se seraient pas élevées à la moitié de celles
qui sont portées au budget que nous avons fait connaître
précédemment. A la vérité, et nous en devons faire le très-
humble aveu, il ne nous était pas venu à l'idée d'ajouter
une salle de billard à des localités suffisamment spacieuses
et parfaitement convenables. Ce sont des superfluités très-
bien placées dans les cercles des hommes de finance, des
capitalistes, des agents de change, des riches oisifs qui se
réunissent beaucoup plus par délassement que pour traiter

d'affaires ; mais pour la librairie !... cela nous aurait paru par trop contraire à la gravité qu'il faut lui laisser supposer alors même qu'elle ne l'aurait plus.

Encore un mot sur deux causes de dépenses énoncées parmi les frais journaliers du cercle actuel. Nous y trouvons : — Abonnements aux journaux. — Achats de livres.

Sur les abonnements aux journaux nous n'avons rien à objecter, présumant que les membres du cercle voudront fermer la porte à tout ce qui pourrait servir d'aliment à des discussions politiques, toujours fâcheuses dans le sein d'une réunion de confrères.

Quant aux achats de livres, nous ne voyons pas la nécessité, pour une réunion de libraires, d'acheter des livres en commun. Disons d'ailleurs toute notre pensée à cet égard : si nous étions l'un des libraires fondateurs, nous en éprouverions quelques scrupules. Quels seront, en effet, les livres qui obtiendront la préférence ? qui en déterminera le choix ? quel genre de livres achètera-t-on ? Si les livres préférés sortent des magasins des libraires fondateurs, ce sera bien certainement parce que ces livres auront été jugés les meilleurs ; cependant des esprits soupçonneux pourront se rappeler alors que la qualité de membre fondateur est indispensable pour devenir un des dignitaires du conseil d'administration. Or, dans toutes les administrations, les dignitaires exercent toujours une influence prépondérante ; ceux-ci n'en abuseront pas, nous en avons la conviction, mais cela n'est pas une raison suffisante pour que tout le monde en soit convaincu comme nous. L'intérêt est un mauvais conseiller, et l'on pourrait à ce sujet se souvenir d'autres tripotages qui eurent lieu dans la librairie à une époque assez peu éloignée de nous pour qu'on ne l'ait pas encore tout à fait oubliée.

Nous faisons allusion ici à ce qui fut plutôt une calamité qu'un allégement pour la librairie en masse, lorsque, en 1830, elle fut comprise pour une somme de seize à dix-sept cent mille francs dans les trente millions prêtés au commerce par le gouvernement. Si nous rappelons cet événement dans la vie de la librairie, événement si fort controversé dès son origine, c'est que ses résultats ont été une preuve de plus de ce que tout le monde devrait enfin reconnaître après tant d'expériences concluantes. C'est à savoir que toute mesure exceptionnelle, si elle tourne à l'avantage de cçux qu'on veut favoriser dans une corporation, ce ne peut être qu'au détriment de la corporation tout entière.

Les distributeurs des deniers publics eurent, il en faut convenir, une admirable manière de raisonner : Adoucissons, se dirent-ils, la chute de ceux qui n'ont pas su faire leurs affaires, au risque de faire tomber ceux dont les efforts soutiennent encore le bon renom de la librairie ! On croit rêver, et pourtant si cela ne s'est pas dit cela s'est fait. Mais il y a toujours des gens qui arrivent des premiers quand une porte est ouverte à l'intrigue.

Des seize à dix-sept cent mille francs prêtés à la librairie, quand le gouvernement se métamorphosa en une succursale du mont-de-piété, puisqu'il prêta sur gages, quatre cent mille francs furent remboursés. Le terme des échéances étant arrivé, ce fut le moment du grand remue-ménage. Les libraires favorisés restèrent débiteurs envers le gouvernement d'une somme ronde de douze cent mille francs qu'ils déclarèrent ne pas pouvoir rembourser. La maison de prêt restant nantie d'un gage évalué à une valeur triple de la somme due, on agita alors toutes sortes de questions : Malgré son gage, le créancier fera-t-il saisir son débiteur dans ses foyers comme un débiteur ordinaire? fera-t-il vendre son gage qui par le seul fait de sa mise en vente perdra les neuf dixièmes de sa valeur nominale? se montrera-t-il généreux, tout en gardant pour lui le gage dont il fera des cadeaux à l'immense majorité des villes de France qui manquent encore de bibliothèques? distribuera-t-on les livres engagés tels qu'ils sont, ou bien autorisera-t-on des échanges? Enfin, pour en revenir à la seule expression qui peigne bien cette déplorable affaire, ce fut un immense tripotage.

Nous ne nous sommes peut-être arrêté que trop longtemps au souvenir d'une des plaies de la librairie; si nous l'avons fait, c'était avec l'intention de lui opposer une autre mesure conçue au sein de la librairie, mesure salutaire, qui reçut un commencement d'exécution, mais dont l'avortement suivit de trop près la conception, par des causes qu'il serait inutile de rechercher aujourd'hui , s'il ne nous était pas permis de craindre de voir ces mêmes causes de dissolution se reproduire dans une fondation basée sur une association nécessairement inégale comme l'était, dans le temps, celle du Comptoir de la librairie.

Ce fut une excellente idée que de fonder à Paris un Comptoir de la librairie. Aucune institution n'était plus propre à faire écouler les produits de la librairie parisienne en propageant le goût des livres dans les provinces. Des maisons nouvelles pouvaient s'y former sans mise de fonds; les maisons déjà existantes en recevaient un notable degré d'accroissement dans leur commerce par l'extension de leur crédit. Toutes y trouvaient l'avantage d'une correspondance moins disséminée; il leur suffisait, pour tous les ouvrages dont elles avaient besoin, de s'adresser au Comptoir de la librairie qui, d'ailleurs, les approvisionnait de nouveautés à la seule charge de retour dans un temps donné, si les ouvrages envoyés restaient invendus. C'était un établissement paternel pour toute la librairie française. Alors même que les progrès en auraient été lents, on pouvait les regarder comme certains, si surtout le gouvernement, écoutant enfin les vœux du grand nombre de cités populeuses qui réclament, ne fût-ce qu'un noyau de bibliothèque, avait senti la nécessité de protéger à peu de frais le commerce de la librairie, et, par contre-coup, de toutes les industries que nous ne cherchons pas à y rattacher, mais dont la prospérité résulte immédiatement de son plus ou moins d'activité.

Il ne faut pas s'y tromper ; on n'achète des livres que quand on en possède déjà. Le goût des livres est un goût qui augmente à mesure qu'on le satisfait. Cela est incontestable pour les particuliers ; ce le sera encore bien plus pour les conseils municipaux et d'arrondissement ; tous tiendront à honneur d'augmenter successivement la bibliothèque de leur ville. Voilà pourquoi un simple noyau de bibliothèque dans les villes qui en manquent deviendrait dans un prochain avenir d'un immense avantage pour la librairie productive. N'y eût-il que deux cents volumes d'abord, dans dix ans il y en aura plus de deux mille ; et, si c'est une question d'intérêt pour la librairie, c'en est une d'instruction et de moralisation pour les villes de province, et par conséquent pour le gouvernement.

Maintenant avant de mettre un terme à ces diverses observations exclusivement inspirées par une profonde conviction et dictées par notre amour pour notre profession, demandons une chose.

Si le Comptoir de la librairie avait existé sous le patronage d'un cercle de la librairie tel que nous l'avions compris, croit-on qu'un établissement aussi éminemment utile serait tombé ? Très-certainement non. Si, actuellement, par suite de dissidences toujours possibles, mais qu'il nous appartient moins qu'à personne de prévoir; si , l'expérience faisant juger nos idées plus salutaires que celles dont on essaye la mise à exécution, on voulait en revenir à un cercle de la librairie uniquement dans l'intérêt de la librairie, n'est-il pas évident que ce cercle, où, comme nous l'avons dit, tous pourraient être admis, servirait plus efficacement les intérêts généraux de la librairie.